Amores *mínimos*

Amores *mínimos*

João Anzanello Carrascoza

EDITORA RECORD
RIO DE JANEIRO • SÃO PAULO
2011

CIP-BRASIL. CATALOGAÇÃO-NA-FONTE
SINDICATO NACIONAL DOS EDITORES DE LIVROS, RJ

Carrascoza, João Anzanello, 1962-
C299a Amores mínimos / João Anzanello Carrascoza. – Rio de Janeiro: Record, 2011.

ISBN 978-85-01-09500-8

1. Contos brasileiros. I. Título.

11-3518. CDD: 869.93
CDU: 821.134.3(81)-3

Capa: Carolina Vaz
Imagem de capa: Halbkreis zu Winkligem, Paul Klee, 1932.

Composição de miolo: Abreu's System

Texto revisado segundo o novo Acordo Ortográfico da Língua Portuguesa

EDITORA RECORD LTDA.
Rua Argentina 171 – Rio de Janeiro, RJ – 20921-380 – Tel.: 2585-2000

Impresso no Brasil

ISBN 978-85-01-09500-8

Seja um leitor preferencial Record.
Cadastre-se e receba informações sobre nossos lançamentos e nossas promoções.

Atendimento e venda direta ao leitor:
mdireto@record.com.br ou (21) 2585-2002

Sumário

Cerâmica 7
Escolar 13
Brisa 19
Verde na névoa 25
Corrida paulista 31
Certezas 39
A hora 45
Personal trainer 51
Traços 57
Árvore 61
Amor arcaico 67
Lei 71
Domingo 77
Porta 81
Segunda pele 87
Tarde 93

Fala	99
Reencontro	103
Violeta	109
A terceira margem de mim	115
Vigília	119
A última estação	123
Sinal desses tempos	127
Raiz	131
Terra e água	137
Referência dos contos	143

CERÂMICA

Ela estava no gramado, aguando as plantas, em frente à casa que dava diretamente na estrada por onde eu vinha. O sol da tarde figurava em seu rosto como se nele encontrasse a moldura perfeita, e a euforia dos pássaros, pressentindo a noite iminente, me bicava a consciência. Seria como das outras vezes, eu apenas passaria por ali e a fitaria e, enquanto estivesse sob a minha mira, ela me ocuparia toda a mente como uma pedra cortante, mas no momento em que ficasse para trás, substituída nos meus olhos pela fileira de eucaliptos, eis que o desejo de me enfiar, pleno, na sua sombra cairia como uma árvore — tão afiada é a resignação quanto um machado! Mas a trava, que em mim vivia fechada, de repente se abriu, minhas pernas me moveram para outro rumo, e, se antes eu a via pelos vãos de uma cerca de arame farpado, agora a via entre o vazio dos moirões, à espera de alguém que os ultrapassasse. Se calculava errado ou não, só me restava avançar; ao contrário de Átila, e longe de ser uno, já me sentia mesmo dividido entre o que eu fora a vida toda e o passo que dava àquela hora; me cumpria então ser o homem a pisar no seu gramado, e eu floresceria a seus pés, embora não soubesse nada dela senão que a via todas as tardes, ao voltar da olaria, sempre ali, como um sinal de que a máquina do mundo girava suas pás, indiferente à minha existência. Quando me aproximei, a relva que ela regara me molhou a barra da calça, o verde ondulou em meus olhos, e, tendo-a, tão fresca, ao alcance dos lábios, eu nada lhe disse, apenas a olhei como se olha uma vida, inteira, e, seguindo para a porta da casa que me chamava para cruzá-la, ouvi o rumor de suas sandálias atrás de mim, sabendo que se movia com o vento dos meus moinhos. Como um ulisses, meu corpo sabia mais daquela casa do que minha mente, e fui me levando pela escada à planta de cima, e encontrei o quarto eleito, onde o sol se infiltrava pela janela com displicência. Deitei na cama e a esperei e, se ela entrou logo em seguida, pela primeira e única vez, sei que nela me entrei para sempre.

Ele vinha pela estrada de terra, a mesma que margeia o gramado de casa e segue pela linha de eucaliptos, e apesar de ignorar tudo de sua vida, eu sabia, como todo dia nasce do ventre de uma noite, que ele vinha da olaria. Não porque tivesse as mãos e o rosto sujos, mas porque eu podia ver, a cada tarde, quando por aqui ele passava, que tinha barro no jeito de se mover, e era essa humanidade que me atraía. Eu molhava o gramado, e não estranhei a sua mudança de passo, era como uma planta que espera a sua água — e eis que, de repente, a cortina de chuva se deslocava em minha direção! Ao redor, o silêncio se escoava, em gotas, engolido pelo canto dos pássaros, àquela hora de volta ao ninho, excitados pela escuridão que em breve se instalaria. Continuei a rega, fingindo que não percebera sua alteração de rota, mas, como uma árvore à brisa, apesar do tronco rijo e inerte, todo meu ser se agitava, o que era galho em mim ondulava, e subia e descia à superfície o meu desejo mudo de sereia. Então ele saiu da estrada e se acercou de minha relva úmida, e eu pude captar o que a terra sentia a cada um de seus passos, a sua coragem resoluta, porque se o instante era de areia movediça para nós dois, foi ele quem o pisou primeiro, e me pareceu, ou foi meu olhar que depois ele atravessou seguindo para a porta de casa, que o sol ainda vivo e rastejante tentava morder seus pés no calcanhar, mas como a sombra de Aquiles a barra da calça o protegia. Sem saber se havia alguém comigo, ou lá dentro, e, antes de subir as escadas à minha frente e deitar-se na cama, parou e me olhou de forma tão intensa com a sua vista verde, esculpindo-me de uma vez, como se tivesse a vida toda se habituado à minha argila. Fui no seu encalço, as sandálias seguindo o mapa que ele desenhava no meu próprio terreno. E quando me deitei sobre ele, saí de mim, totalmente, como quem sai de dentro da pele, e atirei-me de lado feito uma roupa, para nunca mais deixar de ser a outra em que me transformei.

ESCOLAR

Eu as vejo pelo espelho retrovisor, crianças todas, sentadas recatadamente, enquanto o novo dia estala lá fora além dos vidros, e posso captar em cada uma, de rosto a rosto, o mesmo estremecimento. Foram alçadas bruscamente do sono, mesmo se com um beijo ou umas palavras ternas, *Acorda, filho; Está na hora, querida!*, e saltaram da cama, serelépidas algumas, sonolentas a maioria. Pegaram logo suas vidas, como as mochilas, e, com os olhos ainda sujos de espanto, saíram à rua e entraram na van escolar, onde seguem comigo. Se o mundo nos agride — a nós que vivemos em vigília e temos veneno nas unhas, facas na voz —, é um susto para elas desligar os sonhos e acender a realidade, torpor silencioso como o de uma febre alta. Mas, por esses milagres que fazem as flores suportarem temporais, eis que vão aos poucos despertando novamente, de volta à sua condição ensolarada, de meninos e meninas. Já posso ouvir um resmungo tímido aqui, uma risada ali, e, a cada quarteirão percorrido, outros ruídos faíscam delas, fraturando o barulho monótono do motor, como se testassem com cautela, em doses mínimas, as poderosas descargas de felicidade que vão eletrizar seu dia. Pressinto se estão bem ou não quando passam pela porta da van e me dizem, *Oi*, não porque eu tenha aprendido a ler seus gestos, ou a reconhecer em cada *oi* o timbre de seu humor, mas porque se abrem inteiras, pedem em silêncio para que a gente as folheie, põem em nossas mãos novamente lápis coloridos A vida é aos trechos, e eu só as conduzo, nessas manhãs, por um curto trajeto, umas ruas caladas que desembocam em avenidas estridentes, até que alcancemos os portões do colégio. Lá dentro, no pátio ou nas salas de aula, vão enfrentar outros deslocamentos e aprender, a sós, onde estão os sinais verdes e vermelhos, onde há valas perigosas, onde o asfalto se esfarela e não percebemos senão quando já derrapamos. Mas estamos a meio caminho e vamos tranquilos, o dia se espreguiçando devagar, quase esqueço que envelhecemos aos poucos, eu mais do que elas, muitos trechos ainda têm pela frente, já vejo o sorriso nascer na face de uma — o vazio dos dentes que caíram lhe dá um aspecto comovente —, a língua a despontar na careta de outra; em minutos os assuntos, só delas, vão rebentar e fluir como um manancial. Quem nos vê nessa van não pode imaginar senão um mundo de levezas, uma margem que é, ela mesma, um rio de águas translúcidas, um território que corre à parte, como as nuvens sobre a cidade, alheias ao frenesi das pessoas dentro da pele, da roupa, do veículo que as leva, ora rápido ora lento, aos seus compromissos. Não há razão para ninguém se afligir pensando, de súbito, que um momento turvo poderá vir ao nosso encontro. Contudo, não há quem, diante da beleza, resista ao ímpeto, mesmo se inconsciente, de destruí-la. Agora ouço a voz de um garoto que se cruza com a de outro, e ambos vão tecendo sem pressa um desenho cujas formas não distingo, só eles sabem dar contornos suaves às conversas — aí está algo que desaprendi —, e, aos relances, observo os cabelos loiros da menina lá no fundo, iguais aos da mãe que me vem entregá-la todos os dias; os olhos daquele garoto tão azuis como os do pai; a forma semelhante dos lábios de dois irmãos, o mistério das combinações que passam desse para aquele as mesmas manias, o mesmo jeito de olhar, a mesma duração da viagem. Como se trocasse a lente dos óculos, vejo pelo retrovisor o futuro na face delas, o fim do percurso, que em mim se encurta, e os trechos que venci se misturam em minha lembrança formando um mapa que nem mesmo eu sei mais decifrar. Enveredamos por um longo viaduto, acelero forte para enfrentar a subida, e, lá adiante, há um cruzamento, sairei à esquerda e, avançando mais alguns metros, estaremos no colégio. Já percebo a luz amarela do semáforo, vou freando com delicadeza, mas só aí percebo que um ônibus a toda velocidade vem em nossa direção e, por um instante, vejo-o chocar-se estrondosamente na lateral da van, onde está a maior parte das crianças com suas lancheiras e seus cadernos escolares Fecho os olhos, mas a buzina de um carro atrás me obriga a abri-los e sacode essa cena da minha imaginação. Aliviado com a normalidade à minha frente, o acidente apenas no reino das hipóteses, arranco às pressas, como se pudesse evitar, para sempre, o que um dia sucederá a elas. Como ainda não sucedeu, e a manhã segue iluminada, e todas já se agitam, enfim, falantes e felizes, sorrio e digo, *Estamos chegando, crianças*, e nesse sorriso, eu bem sei, é que se esconde a minha lição de vida.

BRISA

Estava na piscina do hotel, deitado numa espreguiçadeira, à sombra das árvores, um sábado de sol, quando ela passou com a família, o marido e os dois filhos, e seguiu em direção a umas cadeiras, e lá parou, demarcando seu terreno com a bolsa sobre uma mesa. Agia como se não fosse sua primeira vez ali, mas eu sabia que era, não porque conhecesse todos os frequentadores ou desconfiasse que ela fingia, não. A naturalidade de seus movimentos, toda senhora de si, ocultava a menina tímida, e essa certeza não me abalou mais do que, de repente, sentir que só eu, às suas margens, enganadoramente plácidas, podia desvelar a sua verdade. Pareceu-me que eu conquistara, por uma mágica inesperada, o dom de ler em cada um de seus simples gestos a sua história completa. Era como se eu fosse o construtor de seu labirinto, o único capaz de recolher a meada de seu segredo. Tanto que não me excitei quando despiu a canga, revelando seu belo corpo, mas, sim, logo a seguir, quando retirou dos pés as sandálias, lentamente. Colocou os óculos escuros em seguida, murmurou seu *fiat lux*, e, no ato, o marido e as crianças se acomodaram ao seu redor, como se orientados pelo silêncio que dela emanava, satélites gravitando em sua órbita. Também o meu olhar se imantou à sua presença, mas eu era um planeta de outra galáxia, tinha meu próprio movimento de translação, e me acercava feito um sol alheio, podendo ver, como a nuvem que se esgarça no azul do céu, o seu passado se abrir inteiro à minha frente. Nunca me ocorrera que, um dia, eu saberia tanto de uma mulher, desconhecida, e, assim, tão de súbito, como se me entregassem o seu caderno de confidências, ou como se a aparelhagem sensitiva que eu possuía para compreender os outros só começasse a funcionar plenamente naquele momento. Os hóspedes bebiam seus drinques, alguns liam jornais e revistas, outros se refrescavam na piscina, num entra e sai rumoroso, mas nenhum me era transparente, eu via todos opacos, apenas ela, espichada na cadeira, me mostrava as engrenagens de sua vida. E ela logo percebeu que eu a analisava, mas se fingia de ausente, suportava a satisfação de sorver o instante à sua maneira, inerte, embora vez por outra se movesse, buscando nova posição, informando-me assim, inconscientemente, que notava o meu interesse; eu a olhava tão leve, tão compassivo que minha atenção devia ser para ela uma espécie de brisa, e — sabemos todos — brisas aliviam o fogo em nossa pele, mas não apagam as brasas que nos consomem por dentro. Num dia como aquele, em que o verão corria entre nós, efusivo, e o contentamento se espraiava de rosto a rosto, era impossível acreditar que existisse a morte;

assim também, mirando-a descontraída, a brincar com uma de suas crianças, era impossível dizer que ela sofria. Permanecemos um longo tempo ali, envolvidos pela sólida claridade, usufruindo o bem-estar daqueles momentos de superfície, à beira da esperança, o horizonte sobre nossas cabeças, alguns hóspedes cochilando, outros molhando os pés na água, e ela deitada de bruços, depois em pé diante do marido, a toalha às costas, os cabelos soltos, os óculos escuros, o tempo todo se escondendo, enquanto se revelava. E eu, eu ventava meu olhar nela e ia decifrando, vorazmente, a cada brisa, uma parte de sua esfinge, e, como Dédalo, sabia que só por ter os pés no chão ela ainda mantinha suas asas de menina. Mas logo o meu deslizar pelo seu território cessaria e, quando cessou, eu a vi recolhendo a bolsa, o marido e os filhos. E, então, ao passar por mim, pisando as manchas de sol no chão, em silenciosa radiância, parecia até que era uma mulher feliz.

VERDE NA NÉVOA

Sentados do lado de cá da mesa, podemos ver, em meio à névoa do gelo seco e ao vaivém dos convivas,

o palco no fundo do salão

onde a banda de músicos faz a sua performance sofrível,

e, antes que nossos olhos bocejem com os trejeitos do vocalista e o rebolado das dançarinas,

deslizam pelos casais em trajes de gala, que bailam de lá para cá, esquecidos de sua efêmera condição.

Saboreamos nosso uísque importado, ouvindo esse rock em alto e mau som, sem fazer comentário algum, até que, por um motivo inconsciente, talvez de repulsa,

um de nós se lembra, e logo comunica aos demais,

que a música nasceu das filhas de Júpiter, as musas incumbidas de inventar uma arte para louvar a vitória dos deuses sobre os titãs.

Mas a música que o cantor regurgita nos obriga a esquecer os feitos divinos; sem ela, mais leve seria o peso da nossa finitude e mais rarefeita a nossa carga de dissabores. A não ser que brotasse dos alto-falantes ali instalados o silêncio das sereias,

esse, sim, encantador,

a ombrear com as finas melodias que almejam nossos ouvidos;

mas, a essa hora, meio baile de formatura já consumado, é como pedir brisa num dia que rebenta de verão.

Até aí nada de ultrajante, viemos para prestigiar o garoto que acaba de sair da faculdade, tarefa mais hercúlea que entrar,

porque, em breve, começará o seu martírio, ele nada fez na vida senão dedicar-se aos estudos,

chegou a hora de esquecer a paisagem vista pela fechadura e abrir a porta, os verdadeiros alargamentos se dão ao léu.

Sabemos das agruras dessa jornada,

os pais do garoto não cabem em si de orgulho, e o merecem — cada um sabe com quantas ferroadas se faz a sua geleia real.

E é nessa atmosfera de falso júbilo que, de repente, entre os convidados,

ela se destaca, de vestido verde, na exuberância de seus vinte e poucos anos, carregando sobre os ombros, como um xale, a sua visível ingenuidade.

Estacionou vagarosamente na mesa junto a nós, como uma gazela à beira do rio, basta um flerte na diagonal e a temos em visão panorâmica, enquadrada plenamente,

o que é um milagre,

porque até o mais míope dos seres pode ver que ela transborda das molduras,

é luz que lateja a olho nu,
vazando de si mesma,
os cabelos negros na cintura,
uma geografia de formas sedutoras,
espetando a harmonia dos beatos com seus seios cônicos e atiçando os pecadores com seus lábios que batonam o filtro do cigarro.
Ela parece ter a convicção visceral das criaturas bem-aventuradas,
e começa a dançar sozinha,
copo na mão,
sorvendo o presente em longos goles,
não há como negar que é uma promessa de felicidade para os homens e inveja certa para as mulheres.
Filmando-a, agora, com a fome dos olhos que se habituaram às surpresas fabricadas, ejetamos nossos nobres sentimentos,
afinal nela só há espaço para a destruição.
Tanto que abastecemos os copos e, em claro disfarce, começamos a zombar de tudo ao redor,
mas o nosso fingido alheamento não vai longe,
ela nos agride com a sua indiferença,
impossível apagá-la da ordem da noite.
É como se uma poça de inércia se formasse entre as mesas e fôssemos sugados pelos seus movimentos,
as ancas gingando com graciosidade,
a expressão arrogante,
o desprezo nascendo na curva dos lábios.
É prazeroso admirar a vida que pulsa em seu corpo, a beleza que se vale de suas formas para se materializar,

e, como golpe derradeiro,

ela chupa o cigarro, exala a fumaça para o teto

e nem imagina que passar para o lado de cá, onde estamos, será mais rápido do que seu evanescer pela névoa, toda verde e formosa.

CORRIDA PAULISTA

Ele abre a janela, *ahh*, manhã de dezembro, *que vento gostoso!*, a cantoria dos pássaros (tantos), o sol vazando atrás dos edifícios, a vista fiel, sempre ali pra sorver seus olhos, quarta-feira, o dia cheirando a novo, lá vai ela, subindo a Nove de Julho, a moça de abrigo preto, os cabelos presos em rabo de cavalo, e ele se apressa, short, camiseta, tênis, óculos escuros, relógio de pulso, quase oito horas, *um pouquinho adiantada*, ele pega uma maçã na fruteira, os dentes sadios mordendo a polpa, elevador, dedo no botão, térreo, os músculos quietos, o ruído metálico da porta que se abre, uma, *bom-dia*, empregada doméstica, *bom-dia*, o portão do prédio, a vívida luz, o latido do cachorro na casa vizinha, a rua se espichando lá adiante, cadê a moça?, já virou a Jaú, *está mais rápida hoje*, lá estão os carros que passam a noite ao relento, a caminhonete, a viatura da guarda particular que protege os moradores dos Jardins, segurança patrimonial, as árvores altas, de galhos retorcidos, e as casinhas geminadas, as últimas, logo serão substituídas por mansões verticais, tudo como ontem e no entanto sendo hoje, tudo sob o jugo de um dia a mais, num vagaroso e imperceptível envelhecer, o ar fresco, ele inspira mais fundo, expira, já volteia a Casabranca, e eis o portão do Trianon, aberto pra recebê-lo, a força do verde à primeira vista e a cada repetido olhar, como se as ruas ao redor mal pudessem emoldurá-lo, o verde quase a não se conter entre os espaços que o contornam, *onde?*, a moça de abrigo preto, três vezes por semana se cruzam, ele correndo numa direção, ela na outra, e nunca se falam, fingem não se ver, mas, pelo menos, o rumoroso ruflar de asas nas árvores, os pássaros se entregando ao alvoroço, pelo menos ao vê-la ele se sente real, ela lhe dá a certeza da normalidade, é manhã, quarta ou sexta, tudo segue regular, já vê o colchonete estendido num canto do parque e nele a velha dondoca se alongando sob o comando de seu *personal trainer*, e *vrruuuuum, vrruuuuum, vrruuuuum*, os carros no vaivém da Paulista, esticando a marcha, e *olha lá*, diz pra si mesmo, nos abafados de seu silêncio, *os dois velhinhos*, o de boné azul e o outro de amarelo, os passos morosos, mas as mãos e, mais do que elas, as línguas, movendo-se sem parar, *o que tanto conversam?*, e, pronto, está quase no marco inicial de sua corrida, onde ele agora para, verifica se está tudo ok com as meias e o tênis, confere a hora no relógio e, então, *três, dois, um, já!*, a arrancada, o ritmo forte para os músculos havia pouco em repouso, a respiração acelerando, *uuffff, uuffff*, e, na primeira curva, um minuto de corrida, à sua frente, *a japonesa*, ele a ultrapassa, e, claro, ela o reconhece, ah!, e, vamos, *uuffff, uuffff*, e, agora, a reta longa, *ahh!*, *lá vem ela*, a moça do abrigo preto, no sentido oposto, já estão próximos, ele ergue a cabeça, gosta de mirá-la daquela distância, não quando se acercam, quase se tocando, e vem em sua mente, *será que* despertaria nela o mesmo sentimento?, o desejo de saber como corre a vida em seus circuitos íntimos, como foi a sua trajetória até os 25 anos, deve ser essa a idade dela, tantas voltas ainda terá de dar pra descobrir que todos os caminhos levam ao fim, quem sabe um dia, um dia, quando ambos fizerem uma pausa à entrada do parque, ou no vão do MASP, não troquem umas palavras, como quem troca de pele, *oi, oi*, assim se dão os acercamentos, *ufff, ufff*, a pior subida, e lá vem o rapaz com a camiseta **I love Sampa**, ele também ali, nos mesmos dias, tão sólido como as árvores cujas folhas, caídas no chão, pedem atenção redobrada, já presenciara a queda de muita gente, *escorregadio demais*, e o rapaz vem devagar, talvez no final de seu exercício, o rosto afogueado, se aproximando, **I love Sampa**, acho que exagerou, uffffffff, ufffffff, cada um sabe até onde pode ir, ou deveria saber, a voracidade própria dos jovens, até que o tempo lhes ensine a posologia adequada, *ah*, não dá pra ver direito, mas deve ser o casalzinho burguês, as roupas esportivas de grife, compradas certamente na Oscar Freire, até perfume a moça usa, dá pra sentir, Carolina Herrera, o namorado todo *high tech*, relógio, celular, iPod, estamos num parque, não numa passarela, tinha vontade de dizer, concentração, concentração, agora a descida, *ufff, ufff*, cinco minutos de treino, e, sim, é o casalzinho, *logo passo os dois*, e lá os velhinhos parados, retomando a marcha, *vrum, vrum, vrum*, os carros na Paulista, devagar, o farol vermelho, e na curva lá embaixo a moça de abrigo preto, o segundo encontro, olhares que se desviam, ele acelera, pra se aproximar depressa e logo se afastar, a lei da atração, mas antes o casalzinho, já ficaram para trás, *tchau tchau*, e no seu campo de visão, entre as árvores, a velha dondoca no colchonete, *ufff ufff*, a moça do abrigo preto, tão perto, os cabelos presos em rabo de cavalo, a vida esses encontros e desencontros, esse não saber quem ela é, e assim será por mais duas voltas, na mente rastros de ideias, imagens trêmulas daqueles rostos familiares, o rapaz **I love Sampa**, os dois velhos, os pombinhos burgueses, a japonesa, *olha ela de novo*, uns mendigos que vêm dormir ali, o espaço mudando de mãos, de pés, melhor dizendo, que outros vinham correr mais tarde, uma turma começava quando ele estava por terminar, e, agora, *ufff, ufff*, meio desligado com a sua performance, vinham-lhe à mente os compromissos do dia, passava e repassava cada um deles, assim como pelas árvores, as pessoas, e, de repente, o pensamento se esgarçou como um elástico, ele saltou até os dias futuros, o jogo do Palmeiras no fim de semana, quem sabe a festa do título em frente ao Gazeta, a exposição na Casa das Rosas, e antes da curva já podia ver a menina na bicicleta com o pai, às vezes sentia a falta dela, presença tão leve, a menina na sua alegria, o pai a assisti-la como a um filme, vendo-a fazer seus descobrimentos, nem parecia que estavam na cidade pulsante, São Paulo não pode parar, *ufff, ufff*, ele acenando para os dois, percorrendo um invisível trecho de seu amanhã, uns planos de curto prazo, metas a atingir em anos vindouros, e assim todos ali, cada um no seu ritmo, concentrados em seus mundos íntimos, correndo, correndo, envoltos pelo verde do Trianon, o canto dos pássaros, o céu tão azul, alguns, *vrruuuuum, vrruuuuum, vrruuuuum*, carros em velocidade, o farol aberto, convictos de que o segredo estava no passo a passo, no respirar, *ahhhh*, o instante irretornável, dando-se muito, aos poucos, e, *até que enfim!*, ele completou quatro voltas, 8 quilômetros, hora de retornar, o dia por se fazer, umas tarefas inacabadas, uns amores malresolvidos, *uff, uff*, no relógio quase nove, lá longe um rastro entre as árvores, *a moça de abrigo preto!*, ele acelerou, atravessou o portão do parque, fixo na sombra que se distanciava, cruzou a Santos, distraído, sem olhar para os lados, e, então, *vrruuuum*, um carro, o grito, *Deus!*, a freada, o baque. Fim da corrida.

CERTEZAS

Quando o telefone tocou, apesar da neutralidade do som, ela sabia, por esses saberes que não se ensinam — em seu sangue operavam como um radar vivo —, que não era um simples recado, mas palavras brutais, e num segundo torceriam a sua vida.

Não se lembrava da época em que começara a saber, apenas de que existira um tempo anterior, de incertezas, no qual a esperança ainda pulsava, como um coração enlouquecido. Mas de repente passara a ter suspeitas, e delas saltara para presentimentos que depois correspondiam, sempre, à verdade dos fatos. Sem querer, descobrira que tudo ao redor estava continuamente dando respostas, bastava saber a pergunta certa — e ela sabia.

Na manhã em que a filha caíra no parque e a chamaram ao hospital, demorou para chegar lá, optando pelo caminho mais longo; precisava sufocar a desconfiança e pensar nas providências para a nova rotina. Porque, quando o médico informou que não era nada grave, *Apenas um braço quebrado*, ela já o sabia.

O dia em que o marido chegou com o pintor de paredes para fazer o serviço na casa, ela soube — o olhar do estranho dizia — que era um homem forjado a mentiras e algum dano haveria de causar à sua família. Por isso, quando suas joias sumiram, ela sabia quem as roubara e que jamais as recuperaria.

O mesmo se deu em relação à lavadora de roupas que, de súbito, deixara de funcionar. O bom-senso dizia ser coisa pequena, uma peça precocemente gasta, trocava-se e eis a vida de novo no seu ritmo. Mas não, ela sabia que era um problema no motor, e para consertá-lo teria de recorrer a suas economias.

Naquele verão de tantos afogamentos, o oceano traiçoeiro, enquanto cochilava numa cadeira sob o guarda-sol, e o filho, brincando na água, desaparecera, ela não se alarmou, em meio ao cardume de hipóteses, ao ver o salva-vidas trazendo à areia um corpo miúdo e dizer: *Está morto*. Ela sabia que não era o seu menino; ele logo retornaria ao mundo dos vivos — e ele retornou.

Houve um certo almoço de domingo em que seu velho pai, depois de fumar cachimbo, sentiu náuseas e quis se deitar. Todos acharam que era só uma indisposição. Menos ela. Já farejava a verdade: era uma questão de dias. E infelizmente foi.

Sabia também quando vinha uma boa notícia. Como naquela manhã, quando saiu cedo à rua, comprou o jornal e, ao voltar a casa, sem sequer abri-lo, abraçou a filha e anunciou que ela passara no vestibular. *Seu nome está na lista de aprovados*, disse. E estava!

Mas o que ganhava prevendo alegrias, se o melhor das alegrias é que são imprevisíveis?

Sim, era uma pessoa querida no trabalho, tanto pelos alunos como pelos outros professores, e, apesar de não ter ambições, sabia que um dia se tornaria diretora da escola. Sabia também que, anos depois, a demitiriam por conta de sua idade, mas alegariam outros motivos — tantas certezas tinha agora!

Ela não reclamava. Entendia tudo. Agarrada ao silêncio, esperava pelos desfechos. Não, não era uma vidente: era só uma mulher sabida.

O telefone tocou outra vez. Ela esticou o braço para atender. Como doía não poder voltar mais àqueles bons tempos de dúvida... Pensou no marido e tomou fôlego para receber a notícia.

A HORA

Durante quase toda a minha infância, de segunda à sexta, semana atrás de semana, havia uma hora sagrada para mim: era quando o telefone tocava, após o jantar, e eu podia ouvir a sua voz, me perguntando, *Filho, como foi o seu dia?* Sem saber o milagre que minha resposta podia produzir nele, eu apenas dizia, repetindo as palavras, *Foi bom*, e só muitos anos depois, descobri que, do outro lado, meu pai as transformava, água, no vinho de seu silêncio.

Eu vivia o que me cabia, no meu tamanho de descobertas, era uma criança como as outras, saltava num instante de uma brincadeira para uma dor, e de uma dor para uma brincadeira, enchendo-me de balas e de sombras. Preso aos ensinamentos na sala de aula, ou distraído entre os amigos no recreio, eu me esquecia dele, embora no fundo esperasse com força pela hora de sua ligação. E, quando ela chegava, parecia-me uma hora comum, a voz dele longe, às vezes encoberta pelos chiados, às vezes tão próxima que eu a sentia em meu ouvido como o sussurro de um anjo.

Depois que ele se foi da casa onde morávamos, eu só o tinha àquela hora, e não compreendia por que passava tanto tempo sem vê-lo. No entanto, bastava o telefone tocar, à noite, para eu sofrer aquele susto bom, e, quando a mãe me passava o telefone, nem precisava dizer, *É o seu pai*, o rosto dele já reaparecia em minha memória e uma dolorida felicidade me queimava, eu quase não dizia nada — eu só queria arder nas labaredas daquele instante.

Então cresci. Com a exatidão dos astros, meu pai continuou a telefonar no mesmo horário, todos os dias, mas já não tinha o poder de me comover. Adolescente, eu vivia desarrumado por dentro. Estava atrás de minha verdade. Procurava o que havia dele em mim, e, quando encontrava — o sorriso igual, o mesmo olhar de despedida —, eu me negava a aceitar.

As linhas da vida me desviavam do seu caminho. Eu aprendera a atirar pedras, e ele era o meu alvo preferido. A hora, antes sagrada, se tornara maldita. Porque eu a queria imprevista. Eu me perguntava, a cada dia, *Pai, por que me abandonaste?*, atribuindo-lhe os pregos que o tempo cravava em minhas mãos.

Recusei-me muitas vezes a falar com ele, surdo para a mãe que vinha bater à porta do quarto, *Atende, é o seu pai*. Eu me fingia de Lázaro. *Vamos, atende, ele já ligou três vezes.* Não, eu não queria lhe abrir o meu mar — nessa época, eu mal sabia que o pai poderia, se quisesse, vir até mim andando sobre as águas.

Os anos se multiplicaram, e, como um peixe, aprendi que todos estamos cercados de anzóis. A palavra do pai continuava a chegar, mas, vivendo os prodígios da liberdade, eu tinha pouca carne para o seu verbo.

Eu usufruía minhas mortes, e nada que ele dissesse me ressuscitaria de mim. Era um homem e não necessitava mais de sua providência. Mas não adiantou tentar a sorte em outras terras, a sua voz, ubíqua, sempre me encontrava: cheguei a desconfiar que não caía um fio de cabelo sem que ele ignorasse onde eu me escondia.

Há pouco o telefone tocou. A mãe me deu a notícia de que ele se foi, para sempre. Eu nem percebi que ele estava indo em cada uma daquelas ligações, quando me perguntava, *Filho, como foi o seu dia?* Agora, ante a ferida que se abre em mim, esta prece é apenas um band-aid.

PERSONAL TRAINER

então, pelas portas envidraçadas da academia,
vimos,
com nosso olhar *zoom* de rapina,
que ela estava chegando,
o cabelo preso em rabo de cavalo
(cuidadosamente ajeitado para que parecesse feito às pressas e lhe conferisse a beleza de ninfa),
o corpo oculto pelo agasalho esportivo, a expressão de quem se sabe invejada e se esforça para despertar o máximo de ira,
o *squeeze* numa das mãos, os passos lentos rumo à sala onde se tornaria ainda mais o que já era,
o epicentro dos nossos desejos.

e, como um ídolo em visita ao seu fã-clube, ela passou cumprimentando com sorrisos largos e curtas palavras as alunas que a esperavam,
(era evidente que se empenhava para chegar quando a corte já estivesse ali para reverenciá-la, embora não hou-

vesse, entre suas pupilas, quem não desejasse, às ocultas, esganá-la),

e, como um campeão subindo ao ringue, um sacerdote ao altar, um cristão à cruz,

eis que ela vai, lentamente, iniciando seu rito, e retira primeiro a blusa do agasalho, revelando sob o *top* apertado seus seios vulcânicos,

e, em seguida,

num vagar ainda mais torturante para nós que, disfarçadamente, desviamos a atenção de nossos músculos retesados pelos halteres,

ela se despe da calça,

as pernas longas rebrilham ao sair do tecido

e podemos ver

as coxas vazando do short justíssimo,

as ancas traiçoeiras,

os glúteos rijos,

e, o mais sublime,

a sua face de menina.

Ao contrário de uma *stripper*, ela tenta se desnudar de sua ingenuidade,

mas, em sua fútil condição, ignora não apenas o seu fundo,

desconhece também sua própria superfície,

(não tardará para provar o impacto das dores submersas),

e iniciando os exercícios com uma falsa timidez,

a voz a instigar as alunas que a mirem,

ela nem imagina a distância que está do monolito do destino, já lançado como um míssil em sua direção.

saltitando com vivacidade, não lhe passa pela cabeça que o amor um dia não mais se fará com desejo,
(mas em desespero!)
tampouco que seja invulnerável à nossa fome,
não,
talvez ela julgue que nossos flertes apenas resvalem em sua pele; falta-lhe a experiência dos abismos para saber que nos enfiamos em sua alma como cobras em moitas rasteiras.

em seus ágeis e graciosos movimentos de *bodypump*,
500 calorias por aula,
ela nem imagina que nossos olhos já não veem pássaros nos pássaros, nem rosas nas rosas, nem nuvens nas nuvens,
ou que, às avessas da fábula, nossos olhos são pedras de sal diante da frágil escultura de seu corpo,
ela é incapaz de perceber a ameaça das sombras que já nascem, como bolhas, nas beiradas da sala, onde o sol da manhã se espreguiça,
mas nós estamos atentos, suando e gemendo no *pack deck*, na cadeira adutora e abdutora, no *leg-press*,
e sabemos que é um bônus dos deuses,
dos deuses malignos mais precisamente,
vê-la intensificar os exercícios,
e as alunas tentarem imitá-la sem a mesma graça,
semelhantes a mandrios diante de sua virtuosidade de dervixe,
e já o suor poreja dos corpos e adere às roupas de *lycra* que acentuam suas curvas e disparam a nossa lubricidade.

ei-la a passear por entre as moças, a corrigir suas posturas vacilantes,

enquanto exibe cruelmente, sem que saiba, a membrana de sua vaidade,

tão fina é a sua espessura, basta o toque de uma palavra pontiaguda para explodi-la feito um balão,

um miolo delicado demais para a casca de nossos dedos,

o corpo que ela não imagina irá desprender em breve o odor das marés mortas,

não,

insinuando-se nas águas do instante, qual nereida, com seus brutais encantos,

ela nem sequer pode supor que colherá logo uma nova lição,

tão divina,

não vai demorar para descobrir o que sabemos

e infelizmente já não podemos esquecer,

que nada a espancará mais que a suave mão do tempo,

o tempo que ela não sente passar,

mas a devora, em silêncio, enquanto ela se faz

de esfinge indecifrável.

TRAÇOS

As evidências não enganam, não. Aquele ali? Não, o rosto é de menino, não me diz nada. Olha o nariz, perfeito demais... Vai agradar gregas e troianas, veja a vizinha ali, do guarda-sol vermelho, até mudou de posição, mas não dou a ele um grão dessa areia. Sabe aqueles búzios espiralados, no meio dos rochedos? Aqueles brancos, que enchem a ponta da praia? Exato! São lindos, mas quebram como unhas. Pois é, servem só pra gente ver, e de longe! Olha, nada que é divino me interessa. Só os defeitos me atraem. Gosto de Júpiter pelos seus deslizes. Não a vitória sobre os titãs, mas a fraqueza pelas mortais. Qual? O musculoso, de calção preto, saindo da água? Concordo, um rochedo, a gente vai descobrindo aos poucos, não dá pra ver tudo de uma vez. As pernas são de Mercúrio, eu diria, uma massa bem torneada. Bíceps de Hércules, repare como brilham... Mas é um falso tubarão. Vem vindo pra cá, vai passar, preste atenção. O que tá errado? Ora, você não percebeu? É só a casca, valva dura. Os olhos desmentem o corpo, os olhos só têm dunas, não têm mar nenhum. O quê? Ah, aquele lá no fundo, nadando? Percebi, sim, quem é que não nota um barco à deriva? Pele queimada de sol, caiçara. E, como todo caiçara, vive de se exibir pra turistas, não arreda o pé dessa paisagem. Se fosse um argonauta, que abandona tudo por um ideal... Mas, não, é igualzinho àquelas conchas rosadas, a gente se encanta à primeira vista, depois deixa de lado. O meu tipo? Eu prefiro o de traços fortes. Traços, não. Sulcos. Gosto daquele ali, tá vendo? Não, o de tatuagem, não, tatuagem é coisa de garoto. Aquele, o da cicatriz no rosto. Faca ou caco de vidro, o que você acha?

ÁRVORE

O dia caía devagar lá fora, veloz dentro de mim. O vento das montanhas soprava, frio, e a claridade varria em silêncio as sombras da noite. Aquela manhã seria como todas as outras manhãs de inverno. As ruas logo resplandeceriam com o verniz do sol, os pássaros se desgalhariam das araucárias e se semeariam pelo céu em voo, e eu caminharia para mais uma jornada na serraria, o pó se acumulando em meus olhos depois que ela partira. A névoa se esvaneceria aos poucos, revelando o traçado coleante do casario, a ponte ao fim do povoado, tudo o que eu já vira tantas vezes e, no entanto, ao ver de novo, sentiria como se fosse um ver diverso, eu estaria grato pelo suave movimento em meu peito — as mudas marés da respiração —, e a consciência de minha história, com sua escrita de lembranças, retornaria, me repregando ao corpo, como um botão numa camisa. Aquela manhã seria igual a todas as outras manhãs de inverno, uma a mais a ser esquecida, não fosse por sentir que cada dia era igual aos diferentes tipos de madeira — a embuia, o jacarandá, o mogno, o carvalho —, uma ideal para se confeccionar móveis leves, outra para o trançado das cumeeiras, essa para forros resistentes, aquela para uma viga mestra. Seria uma manhã como todas as outras manhãs de inverno, e essa me levaria a outras, que me poriam diante da serra para cortar toras como todos os dias, eu só não saberia a que horas a ferida sangraria. Aquela manhã seria como todas as outras manhãs de inverno, se eu não chegasse tão tarde na serraria e, antes de ligar a chave elétrica, não sentisse, além do aroma das madeiras, o perfume dela, que ali entrara atrás de mim e, plantada entre os batentes da porta, aguardava até que eu me virasse. E eu me virei, abruptamente, eu era especialista em cortes rápidos, queria logo saber se era ela mesma quem desafiava a lâmina da minha monotonia. O cachecol que lhe dera serpenteava em seu pescoço, os cabelos iam até sua cintura e chamavam em ondas as minhas mãos; seu rosto espelhava a superfície de um lago, aparentemente calmo, mas eu sabia que no seu fundo sentimentos violentos lutavam para não aflorar diante de mim. Ela ventava nos meus olhos e eu não me movi, quieto entre as tábuas, tentando enquadrá-la a distância. Mas a sua aparição inesperada me tocara como meus dedos tocavam as bordas das madeiras e as distinguiam pela sua aspereza, pelo seu peso, pela sua umidade. Desde que ela se fora, em meus veios só corria a inércia, e a descrença, que antes era uma brasa, fervilhava agora em mim como uma fogueira: ela poderia ouvir as labaredas crepitando o meu silêncio. Permanecemos um instante nos mirando, cada um a buscar aquele outro que éramos tempos atrás, mas resistíamos em revelar as nossas ramagens, elas haviam secado, só uma nova estação poderia nos curar de nós. Eu ia perguntar, *Você voltou?*, ou ela se antecipando diria, *Voltei!*, mas nada dissemos, estávamos enraizados no instante, os troncos impassíveis, os dois doendo devagar. Então, voltei-lhe as costas, peguei uma peça de pinheiro, apoiei-a na prensa e liguei a serra para cortá-la, retomando normalmente o trabalho do dia anterior. E, mesmo com o ruído da lâmina decepando o núcleo macio da madeira, eu ouvia seus passos no chão de terra e sabia que ela vinha se aproximando, se aproximando...

AMOR ARCAICO

Atraída pela touceira verde dos meus olhos, ela não percebeu que o meu desejo já armara o bote, embora conhecesse havia muito os ardis de minha serpente, era um movimento novo que eu exibia — um mestre não deve ensinar a ninguém os seus saberes secretos. Quando ela tentou se mover, eu já a dominara por trás, prendera suas mãos em minhas pernas, desabara todo meu peso sobre suas espáduas e mordia sua nuca.

Certo de que ela gostava dos meus ataques súbitos, e que, apesar de assustá-la, daquele jeito eu estava lhe dando o prazer que ela mendigava com seu silêncio, enfiei a língua em sua orelha, o que ela, na sua arrogância de menina, dizia desagradar as mulheres. Salivei-a com abundância, cravei os dentes no lóbulo e, atento aos seus braços que se contorciam e à sua cintura pronta para me ordenhar, impedi-a de se mover, obrigando-a a agarrar-se à minha razão, quando se debatia desesperada para fugir ao seu juízo, suplicando pelo volume que eu lhe negava.

E foi com uma grossa alegria que lhe puxei os cabelos e falei, ternamente cruel, agora vá respondendo, quem é o sacerdote que celebra a missa no seu corpo?, e ela, a voz espremida, respondeu, você; e eu, quem é o senhor de suas províncias, quem escreve com sêmen nas suas coxas?, e ela, à queima-pele, você; e eu, quem rasga seu sexo e depois lambe seus pés como um cachorro?, e ela, aumentando a voz, você; e eu, crescendo na minha ladainha, quem foi que demarcou a sua nova fronteira?, quem fez da sua aldeia uma megalópole?, quem sabe acender como ninguém as luzes do seu tesão, quem, responde?, e ela, você; e eu, quem é que te maltrata como uma puta e te retrata como uma santa?, vamos, responde, responde?, e ela, num berro rascante, você; e eu, com a febre da língua sugando obscenamente a sua orelha, quem ergueu a sua catedral quando sua fé era ainda uma capela?, e ela, num coleio brusco, gemeu, você; e eu, arfante, quem deixa as suas virilhas úmidas, como frutos sujos de terra, quem, quem, responde?, e ela, entrando de vez no jogo, você, meu dono; e eu, preparando a peçonha, à beira da primeira estocada, quem te plantou aqui, quem apara as suas raízes, quem corta seus ramos podres, quem, quem, quem?, e ela, você, você, você; e eu, para oficiar de uma vez a minha soberania sobre ela, puxando-lhe os cabelos com força, perguntei, quem, me diga quem, diga bem alto, quem está nas minhas mãos como uma rédea, quem anda descalça nas minhas brasas, quem ajoelha no meu altar e pede, suplica e implora, quem?, e ela, e ela, para o meu mais glorioso gozo, gritou, eu, amor, eu, eu, eu!

LEI

Então ela foi se retirando dele, devagar, muito devagar — era esse o procedimento para não manchar o lençol —, e, antes mesmo de se desprender inteiramente, já trazia a mão em concha abaixo do púbis, evitando que gotejasse sobre ele. Apesar da luz acesa no corredor, a escuridão do quarto lhe pareceu densa quando abriu os olhos — tão cerrados em meio à luta corporal —, e se viu atravessando a noite detrás de suas pálpebras, uma camada de dentro, outra de fora, e ambas rígidas como as pernas dele que se moviam para facilitar sua saída. Embora seguisse o roteiro fielmente, o imprevisível rondava e, sem querer, ela afundou a sola do pé no salto agulha do sapato e, com um esforço indizível, represou o grito de dor — os gritos eram só para excitá-lo, era essa a regra, e ela já a cumprira havia pouco. Bamba, tentou se equilibrar, o escuro feito uma corda à sua frente, uma das mãos na busca cega pela porta do banheiro, a outra segurando a seiva que lhe escorria pela coxa, e, antes de tocar na fechadura, girando-a de forma abrupta, ouviu-o soltar uma risada, informando a ela que percebera seu tropeço — era esse o combinado dele com ele mesmo. Enrolou a toalha de rosto na cabeça como um turbante e se meteu sob o chuveiro, apressada, a pequena fonte de água lavando-lhe o suor, embora a consciência continuasse maculada, e tão logo saiu do boxe — seu banho devia ser rápido, só o dele podia ser demorado —, ouviu-o dizer secamente, como se tivesse um deserto na voz, *Você não pode ficar aqui hoje!* Ela parou de se enxugar, o espanto em seu gesto congelado, e perguntou, *Por quê?*, e ele, entrando no banheiro, respondeu, *A menina vem amanhã cedo*, sem precisar repetir o que dias antes lhe dissera, *Não quero que vocês se encontrem*, ela própria estava de acordo, não queria conhecer a filha dele, tinham quase a mesma idade. *Posso sair antes que ela chegue*, pensou, bastava colocar o despertador, mas sabia que ele diria, *Não, melhor não arriscar* — era essa a ordem naquela casa. Acendeu a luz do quarto e foi recolhendo a roupa, decepcionada por se ver dispensada assim, de repente; o gosto do vinho ainda amarrando a boca, o corpo dolorido pelas mordidas dele. Começou a se vestir justamente quando queria continuar nua, voltar à cama e abraçar-se a ele; tinha cruzado a cidade toda, enfrentando duas horas de trânsito num ônibus lotado para estar ali. Não supunha que teria de voltar tão depressa: na mochila, para usar no dia seguinte, o vestido preto, comprado numa ponta de estoque, para agradá-lo. Mas por que não a avisara? Por que agira como se fossem passar a noite juntos? Ela respirou fundo, precisava de mais ar nos pulmões. Já recebera o seu prêmio, e ele nunca lhe dava mais de um por vez, era essa a condição desde sempre. Então, quando o viu entrar no quarto, envolto na toalha, soube que seria inútil pedir para que a levasse em casa, ou a uma estação de metrô, já passavam das onze, ele nunca tirava o carro da garagem àquela hora. Observou-o em silêncio, pegou a bolsa e pediu, quase suplicando, *Você me empresta o dinheiro pro táxi?* Ele pegou a carteira e sentiu o seu pleno domínio sobre ela. Então, teve a certeza de que a dispensaria na semana seguinte. Era essa a sua lei.

DOMINGO

André seria o primeiro a chegar ao horto, viria com as crianças, todas com aqueles olhos azuis de doer os nossos ao mirá-los, a calmaria de lagos, mas no fundo o agito dos oceanos: os três já estavam na idade de perguntar tudo, e espalhavam, como conchas, o constrangimento por onde passavam. Depois, seria a vez de Pedro e a menina, os dois quase não falavam, às vezes doía ouvir o silêncio deles, se não fosse o ruído do motor do carro se acercando, ninguém diria que teriam vindo, mas sim se materializado de repente no meio da família. Logo saberíamos, pelo latido dos cachorros, que Marcos tinha chegado, trazia-os na caçamba da caminhonete e mal abria a portinhola, eles já saíam correndo, famintos pelas larguezas do campo. João viria em seguida, sempre solteiro, no seu carro esportivo, mas com alguma nova companhia, o que costumava gerar incômodo, apesar de ser um estímulo às boas maneiras. Não tardaria também para a moto de Madalena encostar à sombra do flamboaiã, e ela descer falando alto, enfiada numa daquelas calças jeans apertadíssimas, que nós reprovávamos, os óculos escuros nos refletindo na varanda, as crianças brincando sem saber que a vida nelas já ia envelhecendo, todos os meus filhos bebendo seus drinques, felizes pelo momento de leveza. Era um conforto tê-los por perto, com suas virtudes e seus defeitos, muitos dos quais herdados de nós mesmos. Tão logo fôssemos à mesa, Maria sentaria ao meu lado, e eu ocuparia a cabeceira e abriria um sorriso, como das outras vezes, um sorriso que dizia, *Tudo termina.* E era justamente por estar lá com eles, vivendo mais um encontro finito, que eu sorriria.

PORTA

Como sabia a hora em que ele ia chegar, saí à sacada do apartamento e mirei lá embaixo a linha das casas, a rua em frente ao prédio onde o carro dela o deixaria. Varri com a vista o trecho que ele andaria até o portão, para me certificar de que nada perturbaria os meus olhos, famintos por abraçá-lo à primeira vista.

Alheia ao meu desejo, no entanto, a vida, com a sua escrita torta, deixou que passassem naquele instante duas motos, uma vindo de um ponto, outra do rumo contrário, sugando ambas a minha atenção, o que, depois percebi, me preparou melhor para vê-lo sair do carro, aos poucos — uma perna, o tronco e, depois, o corpo inteiro.

Às costas trazia a mochila quase vazia. A única muda de roupa lá dentro dizia tudo — que ele viera só por um dia, coisa havia muito definida entre mim e ela. Mas não basta saber que o sol nascerá, é preciso abrir os olhos para vê-lo. E, por vezes, os olhos se abrem como zíper, ferindo o que libertam.

Ele fechou a porta do carro, acenou para ela e veio em direção ao prédio; movia-o a agilidade das crianças que correm para os braços de seus pais, felizes por tê-los, embora tímidos fossem os meus abraços e vagarosa a sua corrida.

Enquanto ele aguardava o portão automático se abrir, seus cabelos longos me desafiavam em silêncio, como uma ventania ante um muro encimado de cacos de vidro. Mas, vendo-o de costas, tão frágil — ninguém mais frágil que um menino de costas, principalmente se é o nosso filho —, respirei o mais fundo que podia, eu sabia toda a sua história, até mais que a minha; a minha, eu andava esquecendo, as lembranças vinham me curvando, era meu tempo de tirar peso da mochila.

Eu vivia a semana inteira à espera daquele instante, para vê-lo sem que ele me visse, ao contrário das horas seguintes, quando, já aqui, ficaríamos um diante do outro, conversando. Gostava que não notasse minha presença, sobretudo quando dormia e eu me enfiava no quarto à meia-luz para conferir seu rosto: no movimento do dia, não percebemos plenamente os traços do tempo fazendo e refazendo o desenho que, devagar, modela uma vida.

Mas lá estava ele de novo, no milagre dos reencontros, ignorando quanto amor eu lhe colocava nos ombros, sendo tão somente um menino, com a sua pequena bagagem, de volta à casa do pai. Pródigo era apenas o momento, e isso me satisfazia, eu não desejava para nós senão o que éramos, um homem e seu filho, duas portas se abrindo com a mesma chave.

Contemplei-o lá de cima e experimentei uma ternura tão forte que temi ser vítima, em breve, de uma dor na mesma medida. Era como se, fruto das sombras, eu não merecesse o calor que me aquecia, como se estivesse chamando um futuro que me penalizaria.

Enquanto ele entrava no prédio, eu voltei à sala, afinal fora até a sacada só para vê-lo, como se a sacada existisse unicamente para isso. Calculei o tempo que demoraria para subir até meu apartamento e permaneci ali, imóvel, no centro da sala, o passado se movendo em mim. Recortei da memória umas recordações, uns episódios que tínhamos vivido juntos, uns fatos que ganhavam sentido somente para nós; eu precisava me repovoar dele para depois recebê-lo, por inteiro.

Ouvi o ruído do elevador freando. Caminhei até a porta. E, como se não existisse o dia em que esse meu gesto seria o último, abri a porta e sorri para o meu filho.

SEGUNDA PELE

Na época em que ela apareceu,
eu estava trocando de pele,
e as dores que se arrastavam em mim
haviam amadurecido,
já caíam aos meus pés,
e eu as pisoteava sem querer, como quem tropeça na própria sombra.
Sobravam angústias em meu silêncio
e talvez
por valorizar o que restava das pessoas,
ela,
como se farejasse os rastros de um réptil carregando suas penas,
veio dar direto em mim,
pedra sem asas.
Certamente fora uma árdua trajetória até minha foz,
porque eu,
naqueles tempos,

a cada passo deixava no chão,
sobre a silhueta do meu corpo,
um rascunho de pistas falsas.
Aos olhos dos outros, eu planava em primavera,
mas ela notou que em mim vigoravam mil invernos
que eu me perdera e
queimava como acha numa fogueira.
Ao descobrir o que ela sabia de mim, atirei em seu caminho a pele da qual me livrava e deixei que seu desejo engolisse meu medo.
E, como se eu fosse uma pira e as chamas de mim saíssem,
famintas,
ela disse, um dia, igual a água no auge do incêndio,
Parece que cheguei tarde.
Mas, sentindo suas brasas borbulharem a minha língua,
eu disse,
Não, ainda estou amanhecendo.
Tentei convencê-la de que eu não acreditava em ditos nem em feitos,
que já me conformara com o molde grosseiro da vida,
com a morte que me morria todos os dias,
e não esperava que mais ninguém me ressuscitasse de mim.
E, enquanto ela revelava serenidade,
eu sentia o fervilhar das águas sujas em minha mente,
os sonhos parados,

o vento salobro das palavras que soprava de minha boca.

Quando parei,
ela mirava as dobras de meu passado à sua frente.
Vendo-me nu, pensei que ela me vestiria com seus lábios, e aí eu me afogaria em seus afagos.
Mas ela apenas abriu os braços e disse,
Venha.
Eu perguntei,
Por que esses braços abertos?
Ela respondeu,
Porque eu sou seu novo amor.
Afastei, então, com o pé a pele velha,
e fui,
feliz,
me pregar na cruz
que
ela
me
oferecia.

TARDE

Eu estava sentada numa cadeira da varanda, vivendo o fim do meu dia, quieta, de olho na configuração das nuvens, enquanto o jorro de lembranças me fluía sem cessar. Ouvi as dobradiças do portão rangerem e, como dali não podia avistar quem entrava — as folhagens do jardim me impediam —, pensei que era um ruído do passado e não daquela tarde, que caía sobre os telhados da cidade. Eu não esperava por ninguém, apenas pela hora em que a escuridão chegaria, definitiva, e as pequenas vivências, que eram só minhas, se apagariam para o mundo, silenciosamente, como as estrelas. Mas, de repente, eu o vi aparecer entre as plantas, senão de corpo inteiro, a face a surgir primeiro, na qual esplendia o fogo verde de seu olhar. Não me ergui de imediato — em verdade, ergui-me, mas o corpo não me obedecia e continuei ali, imóvel —, ouvindo os passos que o traziam até mim, filho de meu filho. Quando criança, ele vivia fundo em meu coração, e eu me distraía com as suas descobertas e, nesse tempo, eu estava longe da noite que se aproxima — eu ignorava que as manhãs continuariam a seguir, alegres, sem a consciência de que eram manhãs, independentes de mim. Ele se acercou como um pássaro de volta à sua árvore, e eu me mantive inerte no meu voo de raiz, esperando a sua aterrissagem. E esse segundo de espera logo se apagou de meus olhos, porque ele me apareceu em suas feições de menino e elas se transformaram, em seguida, na de um homem, como a superfície de um lago que se refaz depois de lhe atirarem um seixo. Diante da minha cadeira, ele disse, *Vó, vim só pra te ver*, e curvou-se à minha frente feito um ramo, e me deu um beijo na testa, e se sentou, alheio à minha pergunta, *Por que demorou tanto?* De repente, os anos todos de vazio que havia entre nós, os anos de convivência que tínhamos perdido, se evanesceram, e eu soube que ele jamais estivera à minha margem, ele se banhara todo em minhas águas e, por isso, nos tratamos como quem acaba de se ver uma hora antes, com a naturalidade dos que se amam e mantêm a euforia sob controle. Claro, a sua chegada me dava corda, e meu coração funcionava feliz, eu experimentava o susto do galho quando nele pousa um pássaro, e ali estava o pássaro sondando a árvore, o canto pronto na garganta. O instante o prendia a mim, e, sem que eu lhe pedisse, ele começou a me contar as suas odisseias, os seus feitos, e, entre um episódio e outro, eu fazia um comentário, *Nossa!*, *Não me diga?*, *Que maravilha!*, não porque fossem incidentes singulares, e sim por serem fragmentos de uma vida que se recompunha à minha escuta, eu mais atenta talvez porque, embora ele estivesse de regresso, a minha partida se ultimava, e não era tão tarde para provar a alegria que uma vida desperta em outra, querida. Depois ele disse, *Agora me conte de você*, e, com a resignação dos velhos, eu falei do tempo que aqui vazava como se de uma torneira, esgotando-me pouco a pouco; falei de fatos que haviam sucedido na família, escolhendo um e outro como exemplo para ele calcular se eram perdas ou ganhos; e falei do quanto era bom quando ainda não éramos o que éramos, do quanto teria sido bom se tivéssemos convivido uns dias mais, somente uns dias, nesses anos todos. Umas horas já bastariam, esses minutos mesmo de reencontro eram uma bênção, parecia tão fácil nos repovoarmos um do outro, e ali, frente a frente, realizarmos o milagre de passar mais uma tarde juntos. Eu desejava lhe dizer outras coisas e senti que ele também queria me dizer algo além do que dizia, talvez explicar os motivos de sua prolongada ausência, mas ambos falávamos vestindo as palavras, e qualquer traje cabe nelas nesses momentos. O mundo veio à nossa conversa, uns acontecimentos esquecidos, uns assuntos prosaicos, assim somos, para suportar o espanto da existência é que falamos — ora sobre insignificâncias, ora sobre o que nos parece premente, na tentativa de tornar menos doloroso, às vezes até belo, o espaço entre um minuto e outro. E então fomos enveredando para camadas mais profundas, descascando o passado, e antes de levá-lo para ver os canteiros de hortelã que eu plantara no fundo do quintal, e de atravessar a casa que certamente para ele cheirava a infância, e de lhe oferecer um prato de sopa, e antes que ele partisse novamente, eu olhei o céu por um longo instante, em silêncio, e o ouvi dizer, *Da próxima vez, eu volto logo*, e para abaixar o tom solene de suas palavras, eu emendei, *Sim, não demore tanto*. Mas eu sabia que ele não retornaria tão cedo e que, quando retornasse, ao fim da tarde, sentaria na cadeira onde eu estava agora, e permaneceria ali, quieto, enquanto a noite constelada desceria devagar. E, então, ele ouviria o portão ranger, e, vagarosamente, um rosto amado avultar entre a folhagem.

FALA

A menina estava na escola, aprendendo a ser o que um dia seria plenamente: ela mesma, maior — e mais sabida. Era tão alegre que até incomodava. Mas a alegria é assim, ruidosa, mesmo se só a cultivamos nos abafados do coração.

Então, o susto. Estava sozinha em casa. A mãe, nas compras. O pai chegou. Ela correu, feliz, e se pendurou no pescoço dele. Mas, estranhamente, ele não a soltou. Ele se prendeu nela. Por longo tempo. E, depois que se desprendeu, ela se viu como uma boneca quebrada. E aí descobriu que a dor na memória arde mais do que no corpo.

A mãe não notou a verdade em seu rosto, nem ninguém na escola, em parte por miopia, em parte porque a alegria tem seus disfarces. Achavam que a menina era a mesma. Só andava menos falante.

Quando o pai chegava em casa, ela emudecia, sendo o seu avesso: uma menina na calada do dia. Aí aprendeu que o silêncio era o seu medo no último volume.

Ele se repetiu outras vezes nela, esmagando, aos poucos, o que restava de sua alegria. E já, quase sem voz, a menina aprendeu a solidão.

Assim estava, dolorida e tão sem esperança... quando, de repente, se inflou de coragem — uma coragem que só uma menina triste é capaz de ter. E então mostrou a todos que reaprendera a falar. E falou. Tudo.

REENCONTRO

Quando ela chegou com seus olhos cheios de ganchos, mal consegui me agarrar à sua imagem, tão inesperada, ali, sorrindo diante de mim, naquela tarde estupidamente ensolarada, depois de tanto tempo preso apenas às lembranças de seu rosto. *Agora tudo voltará*, eu pensei, ao perceber que ela se acercava com a leveza de um veleiro e, como estava até aqui de realidade, eu não tinha dúvidas de que seria um retorno aos nossos sonhos.

Eu cruzara o oceano para vê-la e nem me dei conta de que ela já me doía antes mesmo de me dizer, *Então você veio!*, e eu responder, *Pois é, eu prometi*, e ela, *Não achei que fosse cumprir*, e eu, *Estou aqui, não estou?*, e ela antes de me abraçar, *Sim, há mais tempo do que imagina*, e eu, sentindo na ponta dos dedos as suas costelas, pensei, *Está faltando uma*, e era nesse seu vazio que eu cabia, inteiro.

Havíamos combinado o encontro do lado esquerdo do rio, poderoso nas enchentes, mas humilde naquela tarde de seca, fluindo, alheio a nós e a todos que passavam, o rio sem saber o quanto me sentia à beira do caos, embora também sorrisse para ela.

Dissemos o que sempre se diz no início de um reencontro, *O que você fez nesse tempo?, Por onde andou?*, mesmo que um já soubesse a posição do tesouro no mapa do outro; íamos nos tateando, comportados, enquanto o desejo de entrega se inflava a cada instante, querendo transbordar. Se já sabíamos quase tudo — as cartas, os *e-mails* e os telefonemas havia tempos levavam nossas notícias —, agora elas saíam de nós mesmos, reapresentadas, uma a uma, aos meus ou aos seus pés. E ainda havia o cheiro selvagem das árvores à margem do rio, o vento que movia os cabelos dela, mais curtos do que antes, mas igualmente lindos, e, às nossas costas, o mundo continuava a produzir, veloz, seus acontecimentos.

Íamos nos reaproximando com cautela, já não éramos os mesmos, ali estávamos pelo que tínhamos sido, e eis que agora nos víamos querendo ser de novo, reatiçando a paixão — a vida, por um momento sendo elas, as fagulhas da alegria.

Prosseguimos nos assuntos profanos, porque assim se chega ao sagrado, dando importância ao nada que somos, contando fatos corriqueiros de nossa vida como se fossem épicos, as palavras se alargando pelo estreito da memória. E, se contei de um novo jeito o que já lhe havia contado, o mesmo se deu com ela, descendo aos detalhes de seus episódios, enquanto sua voz subia, comovida por se refazer à minha frente, como se relesse para mim a sua história.

Também eu fui me folheando aos seus olhos, *Veja o que fiz, Aqui estão os meus capítulos sem você*. E ela, silenciosa, metia-se outra vez pela minha vida adentro e me palmilhava, com meu consentimento, não como uma rua, mas como uma avenida.

Não havia motivos para mentir. A verdade soprava, como o vento, para nos salvar. O rio que víamos, sentados à mesa daquele bar no cais, e de onde partiram tantas embarcações sem bússola, me avisava, pelas casas espelhadas em suas águas, o quanto nos encontrávamos distantes de nossas antigas profundezas.

Se ela era capaz de entender os engenhos mais delicados, os mecanismos mais sutis, imagine então a facilidade com que percebia o vaivém das minhas roldanas, os dentes quebrados de minhas engrenagens. Ao mesmo tempo, deixava à mostra as suas fragilidades, eu podia ver as dores girando dentro dela como as peças de um relógio em movimento.

Devagar, o leme da conversa se alterou, não sei se pela mão dela ou pela minha, e voltamos ao presente, e ela perguntou, *Como foi a sua viagem?*, nós novamente no coração do dia em curso, não nos dias vertidos lá atrás, e, assim, fui aos poucos me sangrando dela, ao passo que a aflição me inundava, até a medula, a cada gota perdida nessa hemorragia.

Quando já estava todo oco de sua presença em mim, tomei as suas mãos nas minhas e as apertei, como numa prece.

Ela sorriu, resignada, e eu percebi o pedido de socorro em seu sorriso.

Mirei-a longamente, em silêncio, como a mim mesmo nas águas do rio, o céu esfuziante ao sol acima de sua cabeça, e compreendi que, mesmo aqueles vastos espaços — e os meus longos braços —, eram insuficientes para cobrir o abismo de sua solidão.

VIOLETA

Naqueles dias, ela estava toda dolorida, com se tivesse a alma em carne viva. O amor havia terminado não com uma explosão — que teria causado menos danos —, mas com um suspiro. Um suspiro dele que, à semelhança de um olhar suave, deceparia o caule de uma flor com mais violência que uma tesoura em mãos rudes. Ela fora ao mais fundo de si e, arrasada, precisava urgentemente retornar ao mundo que lhe dava pé.

Preferiu que ele ficasse na casa, ela se mudaria. Não suportaria ver a cada manhã os móveis e objetos que haviam comprado juntos faiscarem ao sol, acendendo-lhe lembranças, quando seus olhos, sobre eles, desejavam se assentar, como poeira, no esquecimento. Toda a sua esperança se queimara — ela só não sabia que o tempo, vento inesperado, a reacenderia: sempre resta uma brasa sob as cinzas à espera do milagre. Não, ela não suportaria escorrer suas labaredas num espaço feito unicamente para amoldar água. Não tinha a forma de vaso, para calmarias; mas a de pira, para ardências. Já haviam lhe alertado que não se entregasse inteira — viver era aos poucos. Mas ela não sabia se dar senão completa, até nas tarefas mínimas. Gostava de beber a vida diretamente da garrafa, não em copos de cristal.

Em uma semana, fez as malas, alugou um pequeno apartamento e providenciou a mudança. Tinha tão poucos bens — os males só ela mesma podia carregar —, bastou a caçamba de uma caminhonete e o motorista para ajudá-la. Pesava mais que tudo a desilusão, um vazio que a pressionava a caminhar com os pés dentro da terra, como se por uma cidade movediça.

De seu inventário de miudezas, o que mais a preocupara quando se pôs a ordenar as coisas foram as violetas. Delicadas, precisavam de ambiente fresco, não toleravam a luz direta do sol, embora fossem de clima quente. Se regadas em excesso, as raízes apodreciam rapidamente — a água que lhes garantia exuberância também as secava. E, tanto quanto ela, chegaram ali sentidas, as hastes debilitadas, as folhas verde-pálidas, as flores caindo. Descobriu na área de serviço o lugar ideal para colocá-las. E delas cuidou com esmero, buscando recuperá-las, como fazia, sem que percebesse, com seu próprio corpo: as unhas (pintadas com um esmalte de cor clara), a pele (um novo creme hidratante), os cabelos (agora mais curtos).

Assim, aos poucos, ela se recongraçava, preparando seu terreno para alguém que um dia também soubesse cultivá-la. Adaptou-se à nova casa mais facilmente do que supunha; encontrara em si a área onde podia se deixar à luz e à brisa, que fortaleceriam seus sonhos. Fez novos amigos e, com eles, passou a sair para dançar à noite, divertir-se em festas, viajar nos fins de semana.

Quando viu, mudara de estação: primaverava. As recordações tristes já não doíam, haviam sido decantadas pela certeza de que podia ser feliz outra vez. Não importava o que ela fora, mas o que era, as flores de hoje, menos formosas, mas flores. E tão vivas!

Aprendia o que não sabia, e o que esquecera, incluindo as violetas, suas companheiras cotidianas, que, graças a seu zelo, vicejavam, relindas, no beiral da área de serviço: brancas, rosas, lilases. Então, motivada, comprou mudas de outras espécies, de folhas maiores e intensamente verdes, que necessitavam de mais luz que as de folhas claras. Eram também violetas, mas exigiam tratos distintos, minguavam com a medida de sol e água recomendada às de variedade comum. Ela ia se tornando uma especialista: os dedos sujos de adubo, revolvia com suas respostas o grão de astúcia das perguntas.

E como seu estoque de vida ia se reduzindo — tão devagar que nem parecia fadado a esvaziar-se —, o futuro estava aberto, e por ele entrou um novo amor, como uma carta pelo vão da porta. Ela floresceu forte. Não de súbito, mas no demorado dos dias rápidos, que começam e terminam quase sem deixar reminiscências e são, todos, uma brutal e silenciosa luta entre o sim e o não. Por sorte, ele era um homem paciente, que não se afligia por desconhecer todo o passado dela. Satisfazia-o revirá-la com o olhar, jardineiro que amacia a terra para o plantio.

Ela foi se entregando, plena e esperançosa, atendendo à sua natureza. Exultava, ao lado dele, como quem descobre uma nova música e deseja ouvi-la outra vez sem saber onde encontrá-la, mas segura de que, a qualquer momento, a escutaria novamente. E, a cada vez que a música, imprevisível, surgia, ela tremulava feito a lua na superfície de um lago.

Amava. E queria mais. Porque sempre é pouco. Porque uma vez na vida, mais vida se deseja.

E foi aí que se descuidou. Exagerou. Os olhos bem abertos, saltando de uma paisagem a outra, quando só precisava fechá-los para ver melhor. Embriagou-a a busca inexorável da felicidade. Não desconfiava que a busca era a própria felicidade.

Até que um dia sentiu as raízes encharcadas. Não, o amor já não sabia mais as medidas dela. Caminhara tanto e, todavia, desandara.

Dessa vez não se mudou: estava em seu habitat. Ele que se fosse. E ele se foi, vaso partido, sem entender a razão. Da área de serviço, ela o viu entrar no carro e dar a partida. Nem sequer um suspiro.

Ficou a observar as violetas. E de repente uma flor se desprendeu do caule e, como uma estrela cadente, caiu no chão diante de seus pés. Então ela pensou. E pensou. E a compreensão veio vindo, como vem a vida, em movimentos tão sutis que nem notamos — o dissimulado ponteiro das horas —, e lhe entregou o que, subterraneamente, ela sabia desde sempre: no verão, era preciso regar as violetas duas vezes por semana. No inverno, apenas uma.

A TERCEIRA MARGEM DE MIM

Então você saiu da cama como se de um rio, as pernas afastando as águas da cintura até chegar ao raso, e se enfiou quarto afora, molhando-me os olhos com as sombras do escuro. Percebi que recolhia suas roupas do caminho, a respiração áspera como o tecido de sua calça que eu desfolhara feito ramos de uma árvore, e me lembrei de quando você chegou pela primeira vez às minhas margens e me atravessou com o vento de seu negro silêncio. E, pressentindo que procurava ao meu redor o que era seu, igual um bicho voraz, lembrei-me do último ataque, minutos antes, em que arrancou as minhas camadas de verniz e tocou a minha trêmula nudez.

Quieto, à medida que escutava o rumor da vida vindo de suas narinas, revi cena por cena o enredo de nossas 1001 noites, cada uma com o seu aroma de perdas, cada uma com sua aura de conquistas, e os minutos todos que eram tão plenos quando a eles nos entregávamos, tangendo nossas diferenças, felizes por descobrir que aprender a viver é que era mesmo o viver.

Logo me lembrei, com o gosto de fome, dos tempos em que minha lenha acendia a sua fala, enquanto o linho de sua língua em meu falo me apagava os gritos de desejo — e refiz na memória a correnteza que eu era, me fluindo em sua boca, e a sede que você jorrava, me bebendo gota a gota, me sugando como o tempo suga um lenho ao relento, como a flor sorve o néctar da abelha, sem nenhum zumbido.

Aticei ainda mais as brasas da memória, remexendo os fatos que tínhamos provado juntos, as fagulhas de nossos vãos momentos, e então faiscaram os dias que vivemos no deserto de Atacama, o sol soldando nossos anseios, as pedras espetando nossos pés, a fina poeira de cobre maquiando nossa face em fogo, os entardeceres grandiosos vistos das montanhas, o luar queimando nossa solidão. Nesse revirar de centelhas, reluziram as nossas manhãs de dores e os nossos ardores, e, no ondular das chamas que eu recordava, surgiam e sumiam seus sorrisos, para depois surgirem de novo, e de novo sumirem.

Foi aí que, movendo-se na escuridão recém-nascida em meu olhar aberto, você se abeirou de novo em mim, como quem volta à cama, depois de fechar as janelas numa noite de temporal, e deslizou em minha pele, água com água, descendo o curso, eu rio espesso, você o sumo da viagem, a travessia, em suma.

VIGÍLIA

Pronto nos olhos, o pranto só aguarda a notícia.

A ÚLTIMA ESTAÇÃO

No início, fazíamos amor às claras, pelos cantos da casa. Encantavam-nos o sol em nossos corpos suados, a saliva em nossas bocas, o frescor de nossos sexos. Queríamos ver os músculos rijos, as manobras da ancoragem, o entra e sai alucinante. Ela gritava. Eu grunhia. Jorrávamos palavrões. E, se fosse noite, acendíamos todas as luzes, humilhando o escuro com nossa juventude.

Depois, veio o tempo de nos entregarmos à penumbra, escondidos das crianças. As sombras cúmplices ocultavam nossos dentes manchados, as rugas que começavam a florescer, os primeiros cabelos brancos. No quarto fechado à chave, ela gemia e eu murmurava umas palavras de incentivo.

Chegou, então, a era das trevas. No breu total, esquecidos das longas carícias, fechamos agora os olhos e engatamos silenciosamente, com medo da luz e seu impiedoso esplendor.

SINAL DESSES TEMPOS

O casal parou no meio do caminho para repousar. Estavam ambos cansados de fugir. Abrigaram-se num estábulo, à beira de uma estrada deserta, e logo a mulher sentiu os primeiros sinais. Foi uma parada providencial, o momento e o lugar apropriados para a criança nascer.

Nessa noite, sob a luz vívida de uma estrela, a mulher sofreu intensamente as dores do parto. A madrugada ia alta quando, entre seus gemidos abafados, se distinguiu o choro do recém-nascido.

Para não repetir o erro, procuraram restos de madeira que havia por ali, separaram dois pedaços, preparando o ritual. Foram rápidos. O marido, carpinteiro, tinha muita prática.

Crucificaram o menino ali mesmo. Depois juntaram os animais e seguiram viagem.

RAIZ

Era a última estação. Ela sabia. Mas, ao contrário do quc os olhares, mesmo condescendentes, podiam apreender, pulsava, sob a sua velha casca, um sonar infalível. Já não tinha suspeitas. As certezas vinham dar em sua mão. Recebia-as, como a manhã, ao abrir a janela, afastando os braços lentamente até a posição de cruz. Aceitava-as. Porque havia o tempo das águas, e o da estiagem. Era solidária com o sol. Regava os olhos na chuva, recordando antigos amores. Aprendera a distinguir os sinais, quando ainda mal se definiam. Nem sequer imaginava que chegaria ali; tão pequena, um dia... Mas crescera: a princípio, em alvoroço; depois, silenciosamente. A força de sua espécie, como uma alavanca, impulsionando-a a encontrar sua trilha. E ela a percorrera, palmo a palmo. A sua passagem para o nada. Só não sabia que seria tão rápido: um relâmpago a fraturar o céu — e, num segundo, a escuridão.

As pernas inchavam a cada passo. Doíam. A corda das varizes à mostra, quase a rasgar a pele fina. Escorava-se.

Antes fora ágil, menina que corria entre ruas e casas, mapas e países, os cabelos soltos, engasgando-se de tanta vida. Mansamente a beleza secou, um regato entre pedras. Agora via tudo enevoado, como se uma membrana espessa cobrisse o mundo, atenuando as cores, escondendo as minúcias. O som vinha de longe, de muito longe. Já não diferenciava os gritos dos sussurros. As palavras chegavam sufocadas, comprimidas, quase uma reza. As limitações, para as tarefas mais simples, se ampliavam. Os dias, em câmera lenta.

Exalava o aroma ácido das raízes velhas. Constrangia-se. Banhava-se, banhava-se, e o cheiro persistia. O cheiro do outro lado. A pele amolecia: anos e anos em contato com a terra úmida A princesa que a habitara se fora. Ela enfeara, aos poucos. E definitivamente. Não se reconhecia. De quem era aquela voz, rascante, que se sobrepunha à sua, sempre meiga? Por que não via mais, sob as dobras da carne flácida, o corpo lindo, sua usina de prazer? O tempo comera até o viço oculto nos sonhos! Um massacre mudo. O coração pulsava, baixinho: era preciso reclinar a cabeça em seu peito para ouvir a vida ali, ainda não plenamente abatida. O pêndulo tão pesado e, no entanto, uma leveza sem igual. No fundo, ela era a mesma. Mas devagar.

O companheiro partira fazia anos. Nem conhecera os netos que vieram. E que ela nutriu com ternura. Ao lado dele, menos solitário seria esse trecho da travessia. Mas não era, e de nada valia se apegar ao voo dos pássaros. Entre rochas e ervas é que nasciam as suas asas. Apesar de afetuosos, os netos raramente vinham visitá-la. Compreendia a ausência. Também fora jovem e se distanciara da árvore que lhe dera sombra. A cada um cabia fluir a sua seiva. Quando a beijavam, quase nem tocavam seu rosto. Nos abraços, ela mal captava o calor de seus ramos. Sabia que lhes causava repulsa, e a si mesma. O que fazer? Mastigava a realidade sem pressa, as gengivas cortantes, fazendo o serviço dos dentes perdidos.

E havia os remédios, muitos, que a atordoavam. Tomava-os, diariamente, em variados horários. As mãos tremiam. Misturava as lembranças, os nomes, os acontecimentos legítimos com os falsos. Sentia as suas células, uma a uma, exaustas, desejando estacionar.

Mas, mesmo naquela condição, em que até para erguer os olhos precisava reunir o máximo de forças, ela, fincada na sua fragilidade, perigos e aflições por todos os lados, resistia. Ela resistia e pensava: como era bom estar ali, na flor do instante.

TERRA E ÁGUA

Ele saiu do quarto em silêncio, evitando me acordar Se acordei foi porque senti sua ausência, e, de olhos ainda fechados, percebi que apenas encostara a porta e descia a escada e, a cada passo seu, o desamparo subia pela minha garganta, sem contudo explodir em grito, atropelado por umas palavras, *Não se vá*, que faziam fila para chegar à minha fala. Mas eu continuei muda, tentando não alterar a minha rotina, dizendo a mim mesma, *Ele apenas saiu mais cedo*, como se no fundo eu não soubesse que era tarde para ele entrar em mim, novamente, se à noite retornasse. Adivinhei quando alcançou o último degrau — a água sente, ao chover, que chegou ao fundo do solo —, e, enquanto meus ouvidos se ensopavam de expectativa, eu me mantive quieta, feito uma poça que tremula ao vento, guardando em mim, tão miúda, um mundo inteiro. Assim, trancada pela surpresa, imóvel tanto quanto o tronco de uma árvore, pude ouvi-lo abastecendo o fogão e pressenti que a lenha não acenderia, estava na certa igual ao meu olhar, molhada, talvez porque eu soubesse o desfecho: não seria uma manhã como as outras, apesar da cantoria dos pássaros, do cheiro de dia novo, do sol coleando pelo rodapé, da sirene da olaria e tudo o mais que, cumprindo seu destino, com a mesma exatidão, sinalizava que a vida seguiria normal, dando-me a segurança de que ele apenas se dirigia ao trabalho, os moldes de cerâmica, e o meu corpo, à espera de seu engenho. Mas eu tinha outras certezas: que o rumor dos eucaliptos nessa manhã diziam mais do que o rumor dos eucaliptos de todas as manhãs, ainda que me soasse idêntico; que ele, lá embaixo, grão, estava, de súbito, ouvindo o chamado maior, da terra, e, prestes a desertar de mim, mirava o gramado pela janela para tomar fôlego. Levantei-me, vagarosa, a verdade esticando seus braços até se tornar a verdade de sempre, elástico que se recolhe a seu ponto inicial. Caminhei sobre o feixe de claridade, igual os pássaros colhendo as migalhas de pão, e afastei a cortina da janela, enquanto escutava a porta da frente se abrir. Então, meus olhos se encheram de sal, e me vi retornando, água, à concha que eu fora um dia.

Ela ainda dormia, encolhida, quando me levantei e me vesti, em silêncio, e saí do quarto como de uma roupa apertada, certo de que ela logo perceberia minha ausência, não pelo travesseiro vazio ao lado, mas porque seu corpo saberia que eu estava saindo dela, assim como o meu sabia. E, cada degrau da escada que ia descendo — eu sentia na ponta dos pés — era um grito de despedida, e um a um me dizia que ela, de olhos fechados, mas desperta, lá em cima, me escutava toda e já compreendera, antes de mim, os motivos de minha partida. Eu ignorava para onde iria, aprendera com ela que nunca sabemos se um instante é importante senão quando já passou, porque no instante em que ele é o que é, instante, estamos distraídos para senti-lo, sendo apenas o que somos, e assim não percebemos. Quando cheguei à cozinha e vi pela janela o sol se aderindo, morno, como uma demão de tinta, na paisagem lá fora, não tinha na memória senão a realidade de ontem, parecia-me uma manhã igual às outras, eu atravessaria o jardim e seguiria para a olaria. Tentei acender o fogão e então notei que a lenha estava úmida, minhas mãos sujas de farpas, e eu sem ter com o que enxugar a seca que ia se espalhando pelos meus olhos. No fundo, caminhamos para onde estamos, um passo à frente, esperando-nos, assim eu tempos antes entrara nessa casa, quando vinha pela estrada à sombra dos eucaliptos, desviando, de repente, do meu rumo, para minha própria surpresa, atravessando o gramado que ela regava e subindo àquele quarto por essas escadas, onde depois descobri que eu, futuro, me esperava para nascer nela. Peguei um naco de pão amanhecido, abri a porta da frente, e foi aí que pisei na ponta da verdade e o mundo se desvendou, tão idêntico ao de todos os dias, mas deixando agora à mostra as suas vísceras em funcionamento. Ergui a cabeça, os ouvidos entupidos pela cantoria dos pássaros e, pisando nos pedriscos que rangiam sob a sola dos meus sapatos, acelerei o passo rumo à terra de onde eu partira.

Referência dos contos

"Cerâmica", Revista *Continente Multicultural.*

"Escolar", Revista *Fapesp.*

"Verde na névoa", Revista *Et cetera.*

"A hora", Antologia *Como se não houvesse amanhã.*

"Domingo", Jornal *O Globo.*

"Fala", Revista *Nova Escola.*

"Reencontro", Antologia luso-brasileira *Um rio de contos.*

"A terceira margem de mim", Jornal *Folha de S. Paulo.*

"Vigília", Antologia *Os cem menores contos brasileiros do século.*

"A última estação", Cartaz *Na tábua.*

"Sinal desses tempos", Antologia *Cuentos Breves Latinoamericanos.*

"Raiz", Revista digital *A cada 15.*

"Brisa", "Corrida paulista", "Certezas", "*Personal trainer*", "Traços", "Árvore", "Amor arcaico", "Lei", "Porta", "Segunda pele", "Tarde", "Violeta", "Terra e água", Inéditos.

Este livro foi composto na tipologia Minion Pro,
em corpo 12,5/16,5, impresso em papel off-white 90g/m²,
no Sistema Cameron da Divisão Gráfica
da Distribuidora Record.